甘藍の芽

城水めぐみ川柳句集

港の人

目次

こなごな

詩人ではない右側がよく渇く

字余りの分だけいつもより無口

水紋を描く四月の偏頭痛

歯車の形に慣れてゆく身体
花びらに沈むわたしの着地音

開けないでくださいただの女です
もやもやを消すカカオ100%

人間を象りながら濁る水
月欠ける抱いた卵が疼き出す

自惚れて泡の消えないカプチーノ
愛されたらしい翼が濡れている

増えたのは楕円を円にするくすり

灰色はもう呼ばれない絵の具箱

十代のあたしのうつくしい死体

誰か迎えに来て欲しかった塔の上

寝返りをうてば翼の軋む音

哀しいのだろうか濡れたままの傘

噛みついて有刺鉄線らしくなる
正論はねこのおみみで聞き流す

境目でぐらり波打つ白と黒
ごつごつを背負ったままの長い旅

三角に折られた過去を持つ鳥だ
おにんぎょうでしたあなたに会うまでは

シャキシャキと響く忘れたかったこと
泣きたくて笑窪の位置がずれてゆく

じゅげむじゅげむ死なないための呼吸法
透き通るサプリがひとつ増えるたび

弾切れの銃を磨いてばかりいる

甘そうね　触れたところが痣になる

こなごなにしました眩しかったから

神様が向けるナイフのようなもの

爪を研ぐじくりじくりと音を立て
リカちゃんになるはずだった首の皺

わたくしの生る樹につま先が触れる

真っ直ぐになれない火曜日の揺らぎ

終バスにわざと忘れたわかれ道

一対のわたし鏡の罅なぞる
困ったな獣の耳が隠せない

真後ろでよいこのひとり消える音

背もたれがあればやさしくなれたのに
戦っています肩紐ずれたまま

追いかける方程式の最後尾
補助輪を外せばきっと飛べるはず

ほどほどがよかった角砂糖みっつ

六月の白は眩しいからきらい

宝石になるまで星を浴びました
くちぶえがきこえる春のくぼみから

一日の終わりに触れる駱駝の背
月を抱くこんなに柔らかいなんて

熟れすぎた林檎まもなく許される

花びらにむせるモラトリアムな春

触れられてやっと楽器になるのです

差し出した頬打つ満開の桜

るるるるる

性善説で賑わうプリン・ア・ラ・モード

記念日は増やしたくない抹茶パフェ

わたくしの抜け殻を干す日曜日

ペンギンを裏返したら春でした
ほんとうは痛いアンパンマンの顔

犬小屋の屋根から落ちる哲学者

人形の兵隊包む万国旗

でたらめに泡立っているクリスマス

くるぶしのネジを締め忘れて師走

ウサギ語で再度送信するＬＩＮＥ
平熱に戻すラミパスるるるるる

ドーナツのどこかに迷う余地はある

ポッキリと天狗の鼻は北を向く

非常口辺りで絡む烏賊の足

2・5次元の果ての無人駅

生きている時より重いしゃれこうべ

使用前使用後　さては毒リンゴ

行先を知らないスフィンクスの鼻

つむじから漏れる悪魔の独り言
ペテン師の良心咳が止まらない

マネキンの手を突っ込んで吐く情夫

ぜんまいで動く八人目の小びと

乗り遅れたのでカボチャに戻します

女のち時々猫となるでしょう

どちらさまですか尻尾を踏んだのは

騙し絵にされても鼻は曲がってる

結び目

目印のキリンの柄が消えた町
つまらないものまで拾う馬の耳

母さんは産んだ覚えのないたまご
五線譜の上では清らかな家族

お姉ちゃんだから切れ端持たされる

さっきまでおとなしくしていた鈍器
ばあちゃんのプライドだった白い髪

斜めから見てもお菓子の家である

つま先が届いた順に消えてゆく

弟がいればよかった母の庭
繋がれた糸に鋏を添えておく

父だったひとだったはずだった父
残された日から湿ってゆく日記

一筆で描く家族の肖像画

しゃべるのが遅いオウムの秘密主義

容赦なく深部を照らす走馬灯

ありたけの殺意を焦がすフライパン

吊り橋を渡り終えても揺れる月

慎重に折りたたまれた紙の父

的確な位置に戻ってゆくパズル
パスワード消えて家族に入れない

足音が先に届いている帰郷
結び目を探してここはどこだろう

キリトリ線から泣き声が漏れている

天の川　同じ形の鍵ふたつ

魔女の待つ家へ急いでいるモップ

朝の蜘蛛しあわせなんてこんなもの
葱ざくりざくり未遂に終わらせる

水晶婚答え合わせはまだ早い
包丁が錆びてもきっと添い遂げる

最期まで戦い抜いた傘の骨

帰ろうかロープの汽車を走らせて

過去形にぽっかり穴が空いている
海へゆく母がかもめになった日に

白い布ひらひら楽になれました

モノクロ

リビングに散らばっている父のネジ
カラス飛び去って頭痛が鳴り止まぬ

淋しい日だけ着る黒いワンピース
よく見るとただのペンギンだった喪主

何か足りないけど壊れてはいない
泡になりたくてあたしの栓を抜く
だからって不幸ではない冬花火

引っ張るとばらばらになる花吹雪

素っ気ない返事あたしはネコだもの
プラグ抜くおくすりがもうじき切れる

落下する時に零れてゆく光
生贄が丁寧に盛り付けられる

どの線を切っても木っ端微塵です

仲直りして一本の樹になろう

歯車の歪に欠けてからの嘘
正直なピエロ視線が揺れている
深く突き刺さる真夏の白昼夢

てのひらの温度を知り過ぎて痛い

約束は嫌い鎖を引きちぎる

潔く誰かのものになる玩具
海静かきたないものを呑み込んで

無実だと言い張っている毒林檎
ナイフなら運命線に置いて来た

不意に名を呼ばれ文字化けしてしまう

夜が来るたびに無口になる時計
首筋の微熱何度も振り返す

モノクロの海に流れる保留音
ジョーカーを隠すゲームは終わらない

二本目の矢も裏庭に迷い込む
助手席でその時を待つつむじ風
道連れにしよう尻尾を見せ合って

鎖骨まで届いた波が生温い
透明にされた身体の水を抜く

泣けば振り返るだろうか蟬時雨

先に手を放す試されたとしても

りんごのうさぎ

太陽を埋めると発芽してしまう

完璧な嘘だ眼鏡が曇らない
駒を置くこれより先は危険です

だいきらいなあの子の捨てるもの貰う
ともだちの蓋はやさしく閉めましょう

本棚の端から波が打ち寄せる
回廊を泳ぎ疲れた紙魚である

結末を眠らせている竹の節
振り出しにもう戻れない四月馬鹿

化けの皮剝がすりんごのうさぎさん

冬の色ばかり集まる千羽鶴

窮屈な帯の下には蝶の翅

すっぴんのまま歌いだすかすみ草
まばたきの隙間へ落ちる願いごと

深い森へと辿り着くシーグラス

ひまわりは笑う奥歯の乾くまで

お祭りの尾ひれは濡れてまだ赤い

夜はまだこれから首の鈴外す
回るのをやめて木馬は語らない

ビル街を包む無音の季語辞典

饗宴が終わった国のアゲハ蝶

獰猛なリッシンベンを手懐ける

入口か出口か針の穴くぐる

うつくしい自称詩人の舌の音
ペディキュアが乾き切ったら冬でした

避雷針刺して苺は待っている

キャベツ

始まりの針を重ねたシンデレラ
手の中で呼吸を止めている蕾

あなたから零れた海を持ち帰る
その次の言葉を待っているピアス

沈黙を騒がしくする鉤括弧
灰になるまでは確かにバラだった

苦かったらしい歯形のある林檎

うやむやにできないベルが鳴り響く

鳥だった頃の名前で呼んでみる
二番目に好きな色から減ってゆく

息継ぎを覚えてからの長い夜
罪深き指を咥える夏蜜柑

そうじゃない方を半分渡される
焦げついたジャムに与える黙秘権

不揃いのぶどうキヲツケマエナラエ
微笑んでいても膝まで沼の中

期待した分だけ冷めているスープ
雪の降る窓は無口になってゆく

滴ると不協和音になる果実

真ん中が君のかたちのまま窪む
不都合を隠すつもりの首飾り

花を飾られる未完のペアグラス
脈を打つ速度で壊れそうになる

アリバイはピアスホールに挿しておく
潮時を囁いている砂時計

去った人から外されてゆく荷札
破られた手紙静かに鳥になる

迷い込む運命線の深緑
薄黄色重ねてどうかしあわせに

愛ですかキャベツ畑に埋めました

沈黙を守る舌下の不発弾

淋しくて冬の裂け目に指を挿す

あなたには隠し通している背びれ
ほころびを広げてしまう夜の爪

疑問符を絡ませ朝を待っている
キライじゃないなんて冷たいミントティー

空白の台詞余白のないト書き

伏線は回収しない揚花火

ご自由にどうぞと書いてある背中
手繰り寄せても千切っても余る糸

騙されていたい桜の虚言癖
それからがこぼれる夜の真ん中に

別れ際やっと同じになる温度

駱駝から降りると町も人も雨

月へ行く　たぶんあなたじゃないひとと

城水めぐみ（しろみず・めぐみ）

岡山県出身兵庫県在住
二〇一六年より現代川柳を作句
『現代川柳かもめ舎』『現代川柳』会員

甘藍《かんらん》の芽《め》　城水めぐみ川柳句集

二〇二三年十二月二十四日　初版第一刷発行

著者　城水めぐみ
発行者　上野勇治
発行　港の人
神奈川県鎌倉市由比ガ浜三－一一－四九
郵便番号二四八－〇〇一四
電話：〇四六七－六〇－一三七四
ファックス：〇四六七－六〇－一三七五
www.minatonohito.jp

印刷製本　シナノ印刷
装丁　佐野裕哉

ISBN978-4-89629-427-9 C0092